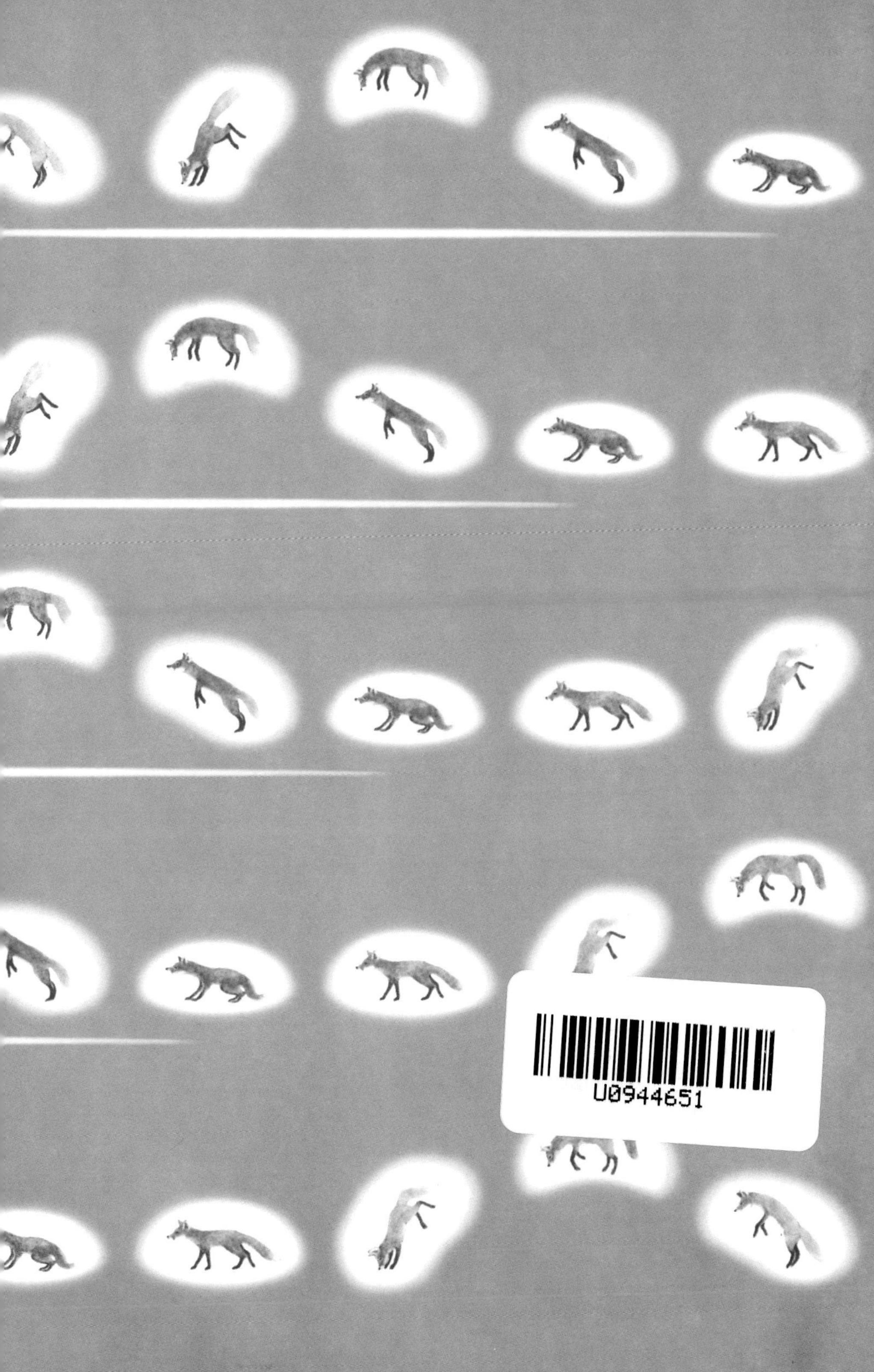

[日] 小林清之介／文 [日] 高桥清／图 王维幸／译

4

银狐的故事

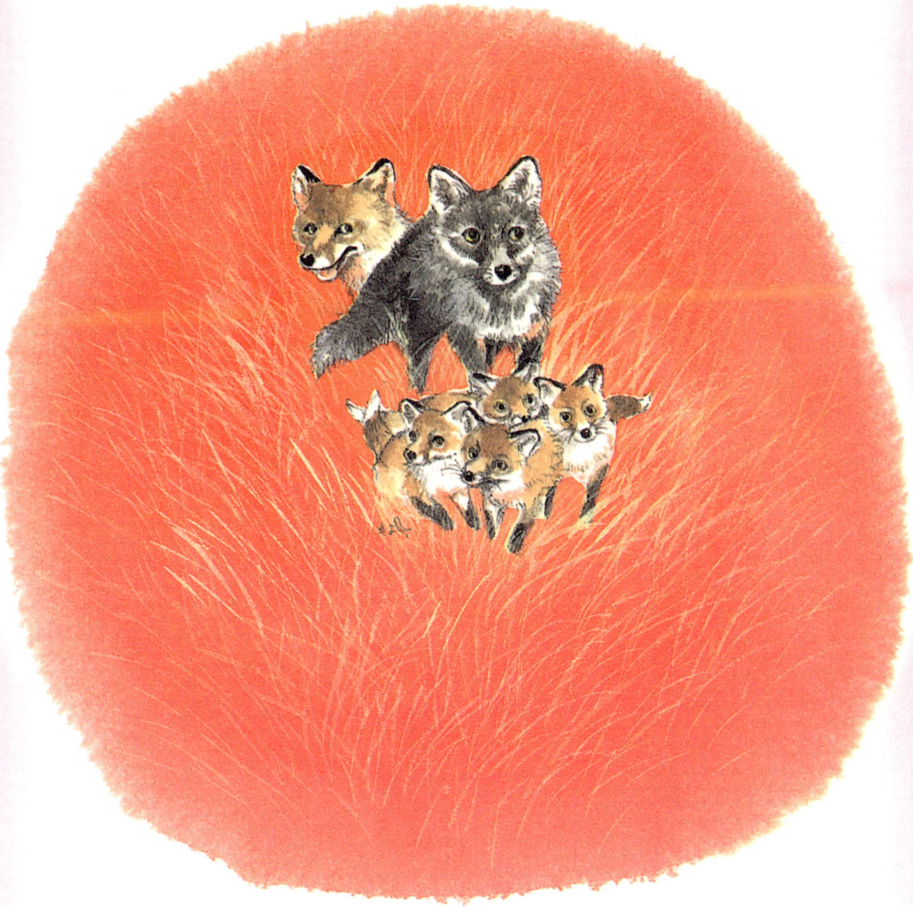

前　言

在北美，有一个名叫西顿的大叔，他非常喜欢动物。

他常常观察动物，还写了很多动物故事，除了狼、狗熊和鹿以外，还有许多其他的动物。

他的故事不仅生动有趣，还活灵活现地描绘了动物们的生活状态。

可怕的铁夹子

这儿是大海对面的国家加拿大。这个国家幅员辽阔，有数不尽的高山险谷和大草原。

在一个夏天的傍晚，有一只狐狸小步走在草原上。这是一只黑狐狸。

不，也不全是黑的。

它的脸和身上点缀着点点的白毛，在夕阳的映照下银光闪闪。

这种狐狸人称“银狐”，数量十分稀少。

眼前这只银狐的名字叫多米诺，就生活在距此不远的戈尔德山，现在正外出觅食。

天黑了。不知从哪里飘过来一阵香味儿。

多米诺一面抽动着鼻子，一面循着香味儿寻找。它发现草地上躺着一只死鸡。对狐狸来说，再也没有如此的美味了。

多米诺刚想跑过去，却忽然停了下来。

“不急。说不定会有陷阱呢。”

人类会故意用这种美味把狐狸骗来，诱它们上钩。

说不定地下就埋着铁嘴一样的夹子呢!

只要狐狸往上面一走，夹子立即就会“咔嚓”一声弹开，夹住腿。

多米诺的同伴就被夹住过，它亲眼看见过好多次。得小心点儿才行。

人类是很会计算位置的，一般都会把夹子下在狐狸常走的地方。

“这一带看着不安全。”

多米诺避开人类容易下夹子的地方，退到后面。可就在这时，“咔嚓”，一个硬邦邦的东西忽然咬住了它的一只脚。

“糟了！”

夹子！狡猾的人类居然把夹子下到了它意想不到的地方。

连聪明的多米诺都上了人类的当。

多米诺跳起来，使劲往下拽夹子。

　　可是没用。夹子的一头是拴在链子上的，链子又拴在了粗壮的树桩上。

凶残的母鹿

多米诺挣扎来挣扎去，不知不觉间天亮了。咦，一阵脚步声从远处传来。要是设陷阱的人类来了可就糟了。

结果，眼前出现的并不是人类，而是一只巨大的驼鹿。驼鹿是生活在加拿大的一种鹿，身体差不多有狐狸的10倍大。

“啊，是上次的那只鹿！”

多米诺记得很清楚。上次它曾在草原上发现一只小鹿，就凑上去闻来闻去。可那只小鹿太胆小了，看到比自己还小的狐狸后，竟发出了尖叫。

母鹿闻声跑过来，生气地追赶多米诺。多米诺跑啊跑，最终逃进了森林。

母鹿也记着多米诺呢。

“这不是上次的那只可恨的狐狸嘛。太好了，今天居然被夹住了。干脆一脚踩死你算了。”

凶猛的母鹿跳起来，“扑通”一下朝多米诺身上踩下来。这是驼鹿对付毒蛇时常用的办法。用锐利的蹄子刺穿敌人的身体。

多米诺不禁蜷起身体，闭上眼睛。咦，神奇的事情发生了。只听“扑通”一声，就在母鹿的脚落下来的时候，多米诺觉得自己的脚忽然变轻了，紧绷的夹子也松了一些。

“太棒了！”

多米诺迅速抽出腿，拼命地跑起来，眨眼间就从母鹿眼前消失了。

它是如何巧妙地从夹子上逃脱的呢？原来，是母鹿的脚踩得有点儿偏，蹄子正好落到了铁夹子上。

被踩中的夹子弹簧被踩松了。

聪明的多米诺趁机把腿抽了出来。

好险啊。多米诺忍着痛，拖着腿回到了戈尔德山的窝里。从此再也没有接近过铁夹子。

有铁味儿？

多米诺被夹的伤口还没有痊愈，它仍然拖着一条腿。一天傍晚，它钻进山脚下的一个农户家里。它觉得这儿容易找到吃的。

瞧，眼前的地上就有一只大鸟正在孵蛋呢，是火鸡。

“就它了，就抓这个。”

多米诺刚要拉开架势扑过去，身后突然传来了人类的声音。

“住手，你不能抓那只鸟……”

原来是这一家的女孩。多米诺吓得一哆嗦。

不过，女孩看上去很善良，跟猎捕狐狸的男人们完全不一样，她一点儿都不可怕。

女孩手里提着一个篮子，她从篮子里抓出一把东西，扔给多米诺。

“真香啊。能吃。”

多米诺不知道是曲奇，可它还是一口叼住，离开了院子。

当天晚上，女孩问父亲：

“狐狸来抓火鸡了。我喊了声住手，它就逃走了。可它要是再来怎么办？我不想伤害狐狸，该怎么办呢？”

父亲笑着回答说：

“啊，那还不简单。在火鸡周围撒一些碎铁不就行了？这样狐狸就不会来了。”

女孩立刻收集了一些碎铁。

有碎铁链子、破锄头，还有镶在马脚上的铁环，反正收集了各种铁制的东西。

然后女孩把它撒到了孵小鸡的火鸡四周。

几天之后，多米诺又来了。它抽着鼻子，在地上闻来闻去。

“咦，有铁味儿？”

上次腿被夹住的夹子上也有一股铁味儿。

人类捕猎狐狸的时候手中的猎枪也有铁味儿。

“危险。有铁味儿的东西最好还是不要靠近，这样才安全。”

多米诺于是撤了回去。

第二天早晨，父亲检查了一圈院子，把女孩叫起来说：

“真管用。你看，这附近有狐狸的脚印，可火鸡却一点儿事都没有。狐狸一定是让铁味儿给吓回去了。”

女孩非常高兴。要是人类都像这个女孩一样善良就好了。可是，鲁莽、残忍的人类可不少啊！

杀死羊的坏蛋是……

多米诺的腿伤直到秋天才好。啊，得上工了。多米诺立刻开始采集树果和鱼等食物（狐狸是杂食动物），藏到各处，为食物短缺的冬天做准备。

多米诺有一个妻子，它很可爱，它有一身红褐色的毛，脖子上还带着一点儿白色。

我们管她叫斯诺拉。她也帮着多米诺不断地采集食物。

寒冷的冬天来了，有了充足的食物储备才不会担心。

有一天，多米诺独自在山里溜达。

山脚下有很多羊在叫。

“咦，怎么回事？”

羊群像疯了一样四处乱跑，原来它们正被一个可怕的动物追赶。

“啊，赫克拉！”

欺负羊群的动物是多米诺早就认识的一只狗，名叫赫克拉。狗主人阿布纳·朱克斯是一个不错的年轻人，而赫克拉却是一条凶残的狗。

多米诺不知道被赫克拉追击过多少次，惊吓过多少次。

狗要保护羊群不受其他动物侵害才行。可赫克拉却只会偷偷地从家里溜出来，把羊一只只地咬死。

多米诺胆战心惊地观察着，“砰——”一声枪响忽然从耳边传来。

是牧羊人放的枪。子弹掠过赫克拉的头顶，打在了石头上。赫克拉慌忙从山谷逃走了。多米诺也穿过草原离开了这里。

可不幸的是，它却被当成了赫克拉的替罪羊。

“混蛋银狐，原来是你咬死了我的羊！”

牧羊人火冒三丈。

从3月份以来，牧羊人的好多只羊被咬死了。他恳请村民们：

“请大家帮我一把，打死那只可恨的银狐。”

村民们也很赞成。

“当然可以。打死银狐，毛皮还能卖好多钱呢。”

在轨道上面跑

一天早晨，有二十多个人凑到一起。他们有的手持猎枪，还带上了四只犬——专门驱赶鸟兽的猎犬。

人们出发了。大家跑了起来。不久，猎犬就在山谷里发现了斯诺拉——多米诺的妻子。她今天状态不大好，跑不快。

眼看斯诺拉就要被猎犬追上了。忽然，斯诺拉一声长啸，用狐狸的语言喊："救命！"

多米诺的回应声从不远处传来。

接着，一个影子出现了。是多米诺！为了营救妻子，它勇敢地跳到了猎犬面前。

从猎犬身后赶来的一个人早就用望远镜看清了多米诺。他大喊一声：

“银狐！戈尔德山的银狐！”

呐喊声顿时响起来。

“追！追银狐！”

猎犬们丢下斯诺拉，全往多米诺的身后追去。

多米诺故意跑得很慢，可猎犬们仍然追不上它。

它担心如果自己跑得太快，说不定猎犬们会重新去追腿脚慢的斯诺拉的。

“砰！”一个巨大的声音忽然响起。

“痛，猎枪！”

猎枪的子弹擦着多米诺的肚子边飞了过去。虽然伤口不算深，可还是像烫伤一样火辣辣的疼。

早知道人类手里有枪，自己就不那么磨蹭了。

多米诺加快了脚步。

跑了5公里左右后，它掉头来到铁路的轨道上。

在铁轨上跑是一种非常聪明的做法。因为火车一过，就会把脚印的气味全给擦掉。

一旦猎犬找不到狐狸的气味，人类也就没法追了。

多米诺在铁轨上跑了一会儿，回头一看，猎犬和人类都不见踪影了。

“好，终于甩掉了！”

终于可以松口气了。这时，肚子忽然叫了起来。

多米诺走下铁轨，想去附近的森林吃点儿储藏的食物。这时，远处忽然又传来一片狗叫声。

还有一阵阵人类的说话声，夹杂在马蹄声中。

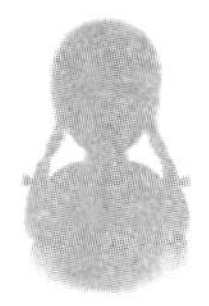

是那个女孩

多米诺转身望去。咦，并不是刚才追自己的那一伙人！

对方有三十多只犬，还有十多个人骑着马。可是，却没有一个人带枪。

“明白了。原来猎狐的人们分成了两组。

“不过，这一组人也不能大意。虽然没有猎枪，可是他们既有很多猎犬，也有马。”

多米诺告诫着自己。

真正的猎狐起源于英国，原本是一种体育运动。

他们既不是为了消灭狐狸，也不是为了获取毛皮，所以是不用猎枪的。

骑马的人们会与猎犬一起追赶狐狸。猎犬紧追不舍，直到咬死狐狸。

也就是说，这是一项以追赶狐狸为乐的运动，很残忍的运动。

眼前新出现的一伙就是这种猎狐者。

猎犬们闻到了多米诺的气味，狂叫着追来。

“跑，跑，快跑！”

多米诺给自己鼓着劲。

它穿过森林，翻越山冈，拼命地跑。

加拿大的3月还很冷，到处都结着冰。不过今天却很暖和，冰一点点开始融化。

水沟和小河全涨满了融化的冰水。逃窜的多米诺身上已经湿透了。

“啊，累死我了。”

多米诺原本紧绷的尾巴也耷拉了下来。

累坏的不只是多米诺，猎犬、马和人类也全都精疲力尽。途中不断有人休息，人数在逐渐减少。

最后只剩下了一个人。跨在马上的年轻人叫阿布纳·朱克斯，就是上次咬死羊的恶犬赫克拉的主人。

不过，今天他并没带赫克拉。因为赫克拉不听话，被丢在了家里。阿布纳带的是另一只犬，这只犬已经追到了多米诺的身后。

啊，怎么办？

多米诺正着急时，一个女孩忽然从对面一处房子里走出来。

是多米诺上次抓火鸡时遇到的那个善良女孩。

多米诺在女孩面前蜷坐下来，仿佛在说：请救救我。

女孩明白它的意思。立刻把多米诺塞进房子里，“啪嗒”一下关上了门。

这时，阿布纳·朱克斯和猎犬追了过来。

“姑娘，请把刚才逃进你家的银狐交给我。我的犬费了九牛二虎之力，眼看就要追上了。”

可是，女孩却摇摇头说：

“不行。那是我的狐狸，是我的老朋友。”

听到两人的对话后，女孩的父亲出来了。

阿布纳很有礼貌地对女孩的父亲说：

“我是不会当着姑娘的面抓走狐狸的。我保证，我会先让狐狸逃400米远，然后再追。这样做不算卑鄙吧！”

女孩直摆手，说："不行、不行，我不同意！"

女孩的父亲低头想了一下，说：

"嗯，我明白他的意思了。人家好不容易追到这儿来，我们也不能给抢走。"

多米诺被放了出来。可这时，晚些赶来的猎犬和人们也全来到了房子四周。

多米诺再次被众多的猎犬和骑马的人们追赶起来。

多米诺拼命跑，终于跑到了自己的老家戈尔德山附近。

这时，又一只犬从阿布纳山脚下的房屋中蹿了出来。高兴地跑到阿布纳的身边，原来是在家看门的赫克拉。

“哦，赫克拉，好吧，那就让你也帮我猎狐吧！”

跳到冰上

太阳快要落山了。多米诺顺着小河逃命。河岸上浮着许多大冰块。

河面几天前还是被冻成一整片的。由于春天来了,天气暖和了,厚厚的冰层开始出现了裂纹。

赫克拉虽然是一只恶犬，可腿脚却比谁都快。多米诺最终被它追到了河的深水里。

冰块在河里打着转。有的还“咯吱咯吱”地撞向河岸。

“啊，完了。”

多米诺无处可逃了。赫克拉龇着牙扑过来。

就在这时，多米诺做了一个大胆的举动。它纵身一跳，跳到眼前的一块浮冰上。

冰块猛地一歪，却没有下沉。多米诺敏捷地在冰块上跳来跳去。

多米诺跳到最大的一块冰上，这时，冰块“咔嚓”一声，忽然从裂缝处裂开，驮着多米诺冲向了河中央。

赫克拉也不肯示弱。

“哪里逃！”

它紧跟着跳到了另一块大冰块上。冰块摇摇晃晃地也漂流起来。

载着多米诺和赫克拉的两块冰在湍急水流的推动下，旋转着往下游漂去。

手持猎枪的人们现在也赶来了，是最初追赶多米诺的那一伙人。其中一人端起猎枪，瞄准了冰块上的多米诺。

啊，危险！

阿布纳赶来了，他打掉了那人的猎枪。

“不能这么卑鄙！”

河面上笼罩着一片白色的暮霭。多米诺和赫克拉的影子逐渐模糊起来。

阿布纳冲着河大声喊：

“再见了，赫克拉。你是一只勇敢的猎犬。再见了，银狐！你也是一只出色的狐狸，从来都没有被人捉住过。可是，我们现在只能在这里分别了。”

阿布纳的眼里噙着眼泪。他继续说：

“如果有可能的话，你们两个我都想救。可是，水流太急，我帮不了你们。请原谅我。”

太阳完全落山了，河面上什么都看不见了。聚集到河边的猎犬们凄凉地叫着，人们也默默地凝视着滚滚流去的河水。

多米诺在漆黑的河里不断被冲往下游，当冲到一处大弯时，载着多米诺的冰块猛地撞上了另一块冰。撞击让冰块一下靠近了河岸。

“机不可失！”

多米诺朝河岸纵身一跃。

安全地跳到了岸上。

“汪——”，一声犬吠忽然从远处传来，声音很悲惨。是赫克拉！赫克拉从冰上滑了下来，最终被河水吞没了。

大难不死的银狐

又过了三年。6月的一个傍晚，因为银狐一事，与阿布纳·朱克斯相识的女孩跟阿布纳在山谷里散步。两个人都长大了。一个成了英俊的小伙儿，一个成了美丽的少女。

两个人坐下来，欣赏着落日。

这时，眼前忽然出现了一只狐狸。一只脖子四周带有白毛的红褐色狐狸。接着，几只可爱的小狐狸也陆续出现了。老狐狸和小狐狸们在愉快地欢闹着。

咦，草叶“窸窸窣窣”地一阵摇动，

又一只狐狸出现在眼前。

银狐！再仔细一看，啊，那不是多米诺吗？

阿布纳和少女都吓了一跳。

“吓了我一跳。原来那只银狐并没有死在河里啊！”

“太棒了。多么聪明坚强的银狐啊。”

渺小而又勇敢、永不服输的多米诺！银狐多米诺与斯诺拉还有小狐狸们一定能在这山谷里快活地生活下去。

西顿与狐狸

赤狐能够生出不同颜色的小狐狸，这一点我已经写在后面的“狐狸与其同类”中了。银狐的黑毛中夹着白毛，其毛皮的身价曾一度卖至赤狐的100倍以上，因此，在很长的一段时间里，这种狐狸一直都被人类四处追赶，吃尽了苦头。

后来，加拿大便开始了黑狐的人工养殖并获得成功，后来，银狐的养殖也获得了成功。当然，价格也随之下跌，野生银狐这才不像以前那样再被人紧追了。

《银狐的故事》出版于1909年，当时还没有人工养殖，因此，银狐被敌视、遭追赶的故事也具有一定的时代性。

此时的西顿已49岁。他在书的扉页曾这样写道:“谨将此故事献给第一次听我讲的安。”安是西顿的女儿，在写这个故事之前，他先是一点点地讲给安听，一面观察着女儿的反应，一面构思。西顿很擅长讲故事，同时也是一流的演讲家，演讲甚至比其著述活动还要忙。

受这种气氛的影响，他的女儿安长大后也成了一名作家。笔名叫阿尼娅·西顿·蔡斯。

西顿是一个能通过野生动物的足迹判断动物活动轨迹的高手。他在自传中就用插图介绍过狗脚印和狐狸脚印的区别。因为狐狸也是犬科动物，脚印跟犬十分相似。不过，据说狐狸的脚印比狗的要细长一些，脚尖更尖一些。

如果是在厚雪上，由于单个的脚印并不明显，所以只能通过一连串的脚印来判断。狗的脚印呈锯齿形，狐狸的则几乎呈一条直线。西顿解释说：“这是因为狗的胸部比狐狸宽得多的缘故。”西顿年轻的时候，曾经循着狐狸的足迹跟踪过八百多米，留下了完美的观察记录。

有一点需要声明，在西顿的作品中，《银狐的故事》跟《松鼠旗尾的冒险》《塔拉克山的熊王》一样，篇幅都很长，在这里删减了一部分。

狐狸与其同类

在《银狐的故事》中登场亮相的是生活在北美大陆的银狐。在日本，人们烤年糕的时候，经常会用“烤成了狐狸色”等语言来形容火候。这里被称作狐狸色的赤褐色便是狐狸的本色。

在加拿大、西伯利亚等寒冷地区，除了赤褐色之外，母狐狸还能生出其他毛色各异的小狐狸。除了赤狐之外，一对狐狸还能够生出一些所谓“十字”“黑”“银”等颜色各异的小狐狸。所谓“十字”指的是全身都是黑褐色，只有肩部带着一种十字形的黑斑纹。至于“黑”，顾名思义就是黑色的。而黑中带白，尤其是从后背到腿夹着白杂毛的则叫“银”。西顿的作品中就有一个以赤狐为主人公的《春田的狐狸》，所以这里不做赘述。

狐狸的窝在山林或原野里，它们会利用悬崖边或山坡等地势，挖一个上下各有一个开口的洞。洞内又分成两个洞，其中一个洞的尽头则是养育小狐狸的房间。

狐狸白天会躲在窝里，傍晚后外出觅食。其食物主要有野兔、田鼠、鼹鼠等，另外也会吃一些昆虫和果实。由于会捕捉人类的鸡，所以被人视为害兽，不过由于狐狸会捕食啃坏嫩树的野兔和毁坏田地的田鼠、鼹鼠等，还能吃草木的害虫，因此，实际上益处更多一些。

由于狐狸警惕性高又十分聪明，常常给人一种狡猾的印象，因此，格外让人讨厌。在民间故事和童话中被塑造成了仅次于狼的大坏蛋。可是，它这么做也是为了保护自己免受人类和其他野兽的侵害，也实在是无奈之举。

当被犬追击的时候，狐狸会用聪明的办法消除自己足迹的气味，具体做法本文中已有提及。据说日本的狐狸也会使用这种巧妙的方法。当人类用粪便做肥料的时候，狐狸就会特意把恶臭沾到脚上，用来消除自己的气味，这一事实已经被观测报告所证实。

在中国和日本，自古以来就传说“狐狸会迷惑人”。狐狸用神奇的力量迷惑人的故事数不胜数。这恐怕也是源自狐狸狡猾的性格。另外，狐狸跟狼一样，也是一种犬科动物。

小林清之介

小林清之介

1920年生于东京，曾在动物学者岛春雄、昆虫学者石井悌等人的指导下饲养并观察野鸟、昆虫及其他小动物，多年来致力于动物资料的收集活动。

1962年以后开始作家生涯，不仅为成人撰写动物随笔、动物启蒙说明，还专为儿童撰写了不少有趣的动物故事，近年来在俳句方面的著述也颇丰。

主要著述有：面向成人的《麻雀的四季》（全集日本动物志2）（讲谈社）、《季语深耕·鸟》《季语深耕·虫》（角川书店）、《日本的小动物志——昆虫与野鸟》（每日新闻社）、《动物五百句》（明治书院），面向儿童的《日本昆虫记》全五卷（翌桧书房）、《野鸟的四季》（第23届小学馆文学奖）（小峰书店）、《法布尔（传记）》（行政）等书。

高桥清

少年时期即对昆虫和花草感兴趣，成年后从事油画创作，同时活跃于动植物与昆虫相关的绘本和插图领域。

著有《法布尔昆虫记（全10卷）》的插图等数种（翌桧书房），绘本方面则有《道旁的四季》等数种（福音馆书店），另外，还在各出版社从事昆虫、植物等自然生态类的插图、图鉴的创作。

参加过“行动美术协会会员（油画）壳奖展”“安井奖展”等画展。日本理科美术协会会员。

版权登记号：01—2016—6599

GIN GITSUNE MONOGATARI YOUNEN BAN SHI TON DOUBUTSUKI

图书在版编目（CIP）数据
银狐的故事／（日）小林清之介文；（日）高桥清图；王维幸译．——北京：中国人口出版社，2017.11
（西顿动物记）

ISBN 978-7-5101-4682-4

Ⅰ．①银… Ⅱ．①小…②高…③王… Ⅲ．①儿童故事－图画故事－日本－现代 Ⅳ．①I313.85

中国版本图书馆CIP数据核字（2016）第231456号

西顿动物记

银狐的故事

出版发行　中国人口出版社
社　　长　邱　立
责任编辑　张文超
特约编辑　魏亚西
印　　刷　北京中科印刷有限公司
书　　号　978-7-5101-4682-4
开　　本　787mm×1092mm　1/16
印　　张　6
字　　数　40千字
版　　次　2017年11月第1版
印　　次　2017年11月第1次印刷
网　　址　www.rkcbs.net
电子邮箱　rkcbs@126.com
总编室电话　(010)83519392
电　　话　(010)83534662
传　　真　(010)83518190
地　　址　北京市西城区广安门南街80号中加大厦
邮　　编　100054
定　　价　35.80元

绿色印刷　保护环境　爱护健康

亲爱的读者朋友：

本书已入选“北京市绿色印刷工程——优秀出版物绿色印刷示范项目”。它采用绿色印刷标准印制，在封底印有“绿色印刷产品”标志。

按照国家环境标准（HJ2503-2011）《环境标志产品技术要求 印刷 第一部分：平版印刷》，本书选用环保型纸张、油墨、胶水等原辅材料，生产过程注重节能减排，印刷产品符合人体健康要求。

选择绿色印刷图书，畅享环保健康阅读！

北京市绿色印刷工程

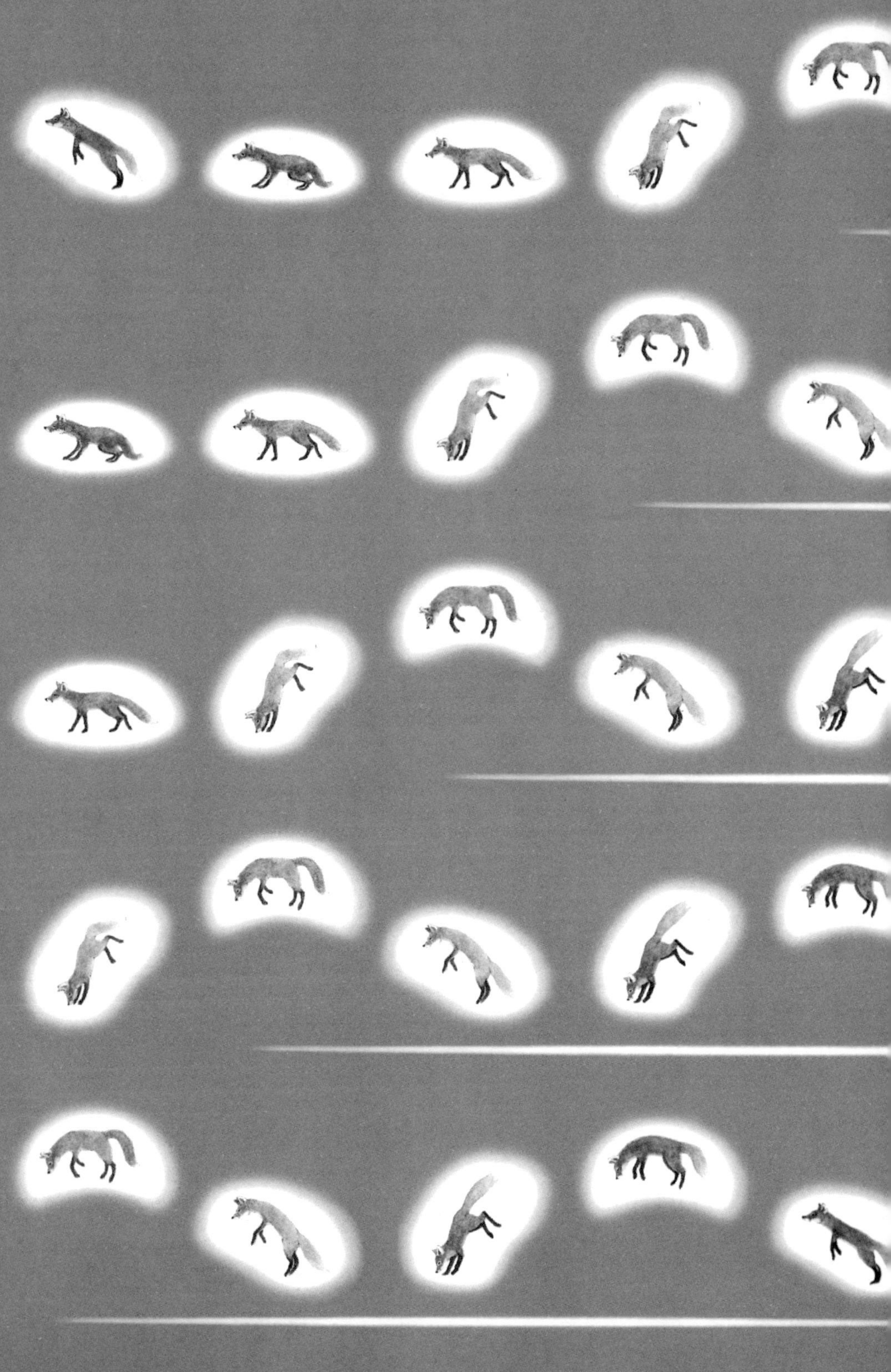